¿Qué hace a una ciudad?

Diana Kenney, M.A.Ed., NBCT

Asesoras

Shelley Scudder
Maestra de educación de estudiantes dotados
Broward County Schools

Caryn Williams, M.S.Ed.
Madison County Schools
Huntsville, AL

Créditos de publicación

Dona Herweck Rice, *Jefa de redacción*
Lee Aucoin, *Diseñadora de multimedia principal*
Torrey Maloof, *Editora*
Diana Kenney, M.A.Ed., NBCT, *Editora asociada de educación*
Marissa Rodriguez, *Diseñadora*
Stephanie Reid, *Editora de fotos*
Traducción de Santiago Ochoa
Rachelle Cracchiolo, M.S.Ed., *Editora comercial*

Créditos de imágenes: Tapa & pág. 1 Shutterstock; pág. 15 Alamy; pág. 19 Getty Images; pág. 10 The Granger Collection; pág. 21(arriba) iStockphoto; pág. 7 The Library of Congress [LC-DIG-ppmsca-01574]; pág. 8 The Library of Congress [LC-USZ62-90603]; pág. 11 Picture Alliance/ Christian End/Newscom; pág. 12 The Library of Congress [LC-DIG-ppmsca-08291]; pág. 14 The Library of Congress [LC-USF33-011743-M2]; pág. 17 The Library of Congress [LC-USZ62-107003]; pág. 18 The Library of Congress [LC-USF33-005164-M1]; pág. 24 The Library of Congress [LC-USF33-005164-M1]; pág. 9 ZUMAPRESS/Newscom; todas las demás imágenes de Shutterstock.

Teacher Created Materials
5301 Oceanus Drive
Huntington Beach, CA 92649-1030
http://www.tcmpub.com

ISBN 978-1-4938-0481-8

Índice

Un lugar para vivir 4

Manos que ayudan 6

Lugares a donde ir 10

Cómo estar en contacto 14

Hogar 18

¡Encuéntralo! 20

Glosario 22

Índice analítico 23

¡Tú turno! 24

Un lugar para vivir

Algunas personas viven en localidades pequeñas. Algunas personas viven en localidades grandes. Las localidades grandes se llaman **ciudades**. Todas las personas viven en **comunidades**. Las comunidades son lugares donde grupos de personas viven y trabajan juntas.

Esta es una ciudad grande.

Esta casa está en una localidad pequeña.

Manos que ayudan

Las personas de las localidades se ayudan unas a otras. Los bomberos apagan incendios. Salvan a las personas. Los oficiales de policía se aseguran de que las personas sigan las **leyes**. Las leyes mantienen seguras a las personas.

Los oficiales de policía también nos mantienen seguros en la carretera.

Cubetas de agua

En el **pasado** cuando había un incendio, la gente hacía una larga fila. Pasaban cubetas de agua hacia el fuego o hacia la manguera de incendios. Esto no funcionaba muy bien.

Hace mucho tiempo, la gente llevaba cubetas de agua a la manguera de incendios.

Los doctores ayudan a que la gente se sienta bien. En el pasado, los doctores iban a ver a las personas. Hoy, las personas van a ver a los doctores.

Los maestros ayudan a los niños a aprender. En el pasado, los maestros tenían gis y libros. En el **presente**, los maestros tienen muchos tipos de **herramientas**.

Una maestra escribe con gis en una pizarra en 1899.

Un nuevo tipo de pizarra

Algunas escuelas ya no tienen pizarras con gis. Tienen pizarras blancas. Las personas pueden escribir en ellas con sus dedos o con un plumón especial.

Un estudiante escribe en una pizarra blanca hoy.

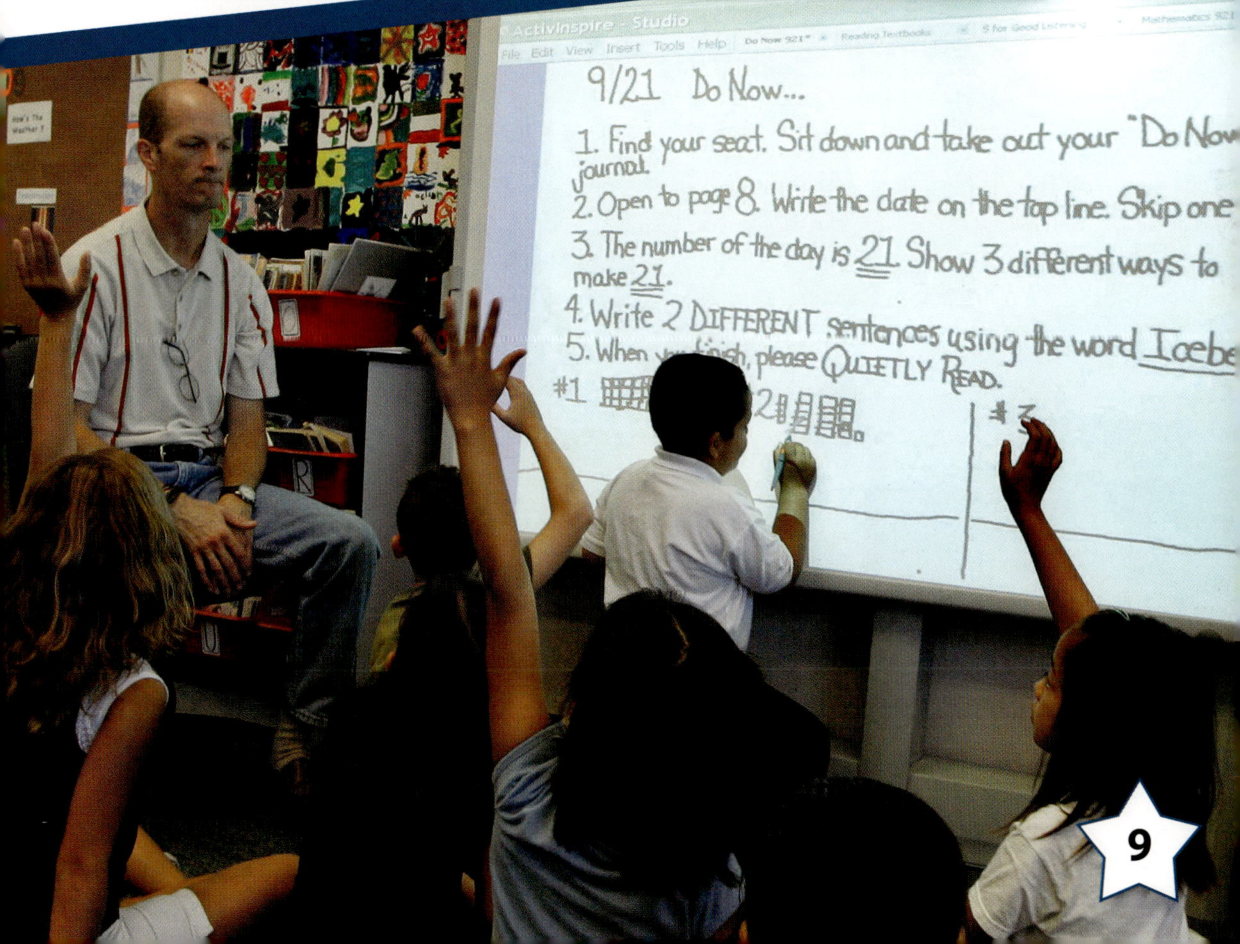

Lugares a donde ir

Las localidades son lugares con mucho movimiento. La mayoría de las localidades tienen un banco y una oficina de correos. Hay tiendas donde la gente puede comprar alimentos. ¡Las localidades tienen incluso lugares donde la gente va a divertirse!

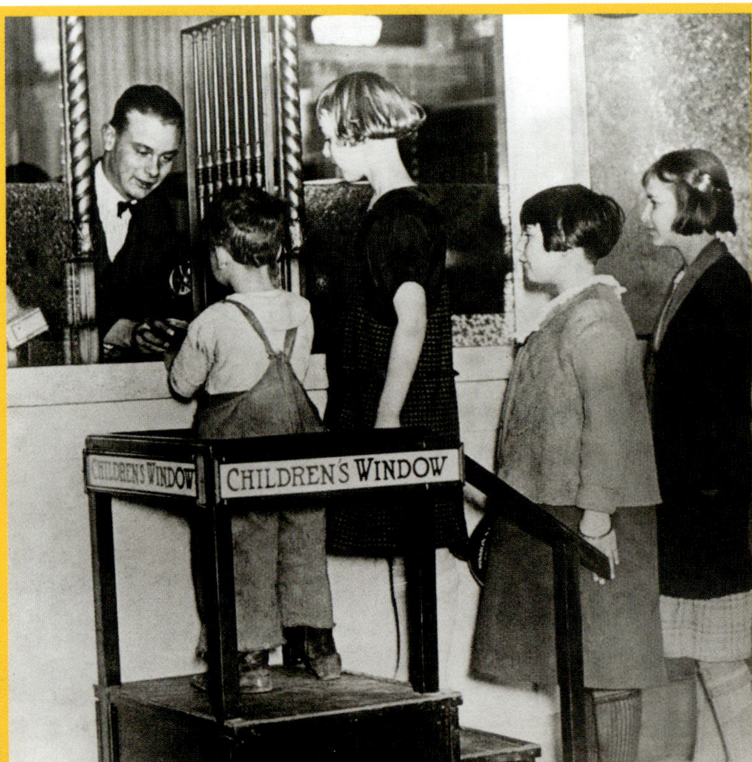

Los niños esperan en la fila en un banco en 1925.

Disneylandia

Disneylandia es un lugar divertido al cual puedes ir en Anaheim, California.

Esta es Disneylandia hoy.

El **transporte** ayuda a la gente a ir de un lugar a otro. Hace mucho tiempo, la gente caminaba o montaba a caballo. Hoy, lo hace en autos rápidos. Van en autobuses. Las personas tienen muchas opciones para llegar a donde quieren ir.

Un hombre de hace mucho tiempo usa un caballo para transportarse.

Hoy, muchas personas usan autobuses y autos.

Cómo estar en contacto

Es importante que las personas en las localidades se **comuniquen** unas con otras. Cuando las personas se comunican, hablan con otras personas. Podrían hablar de sus hijos. Podrían hablar de las noticias.

Estas personas hablan en una feria en 1938.

Estas personas hablan mientras caminan.

Las personas en las localidades se comunican de muchas maneras. En el pasado, la gente escribía cartas. Leía periódicos. Hoy, la gente puede usar computadoras. Pueden enviar correos electrónicos a sus amigos. Pueden leer las noticias en línea.

Algunas personas leen las noticias en sus teléfonos celulares.

Correo normal

Una carta enviada por la oficina de correos se llama *correo normal*. Tarda más tiempo en llegar a la otra persona que un correo electrónico.

Una mujer pone una carta en un buzón postal en 1910.

Hogar

Una localidad es más que un lugar para vivir y trabajar. Es más que tiendas y parques. Es una comunidad de personas que se ayudan unas a otras. Es un lugar que podemos llamar hogar.

Estos niños juegan juntos en 1941.

Estos niños juegan juntos hoy.

¡Encuéntralo!

Pide a un adulto que te ayude a explorar tu localidad. Busca cosas y personas que hacen que tu localidad sea especial. ¡Trata de encontrar todo lo que aparece en la siguiente lista!

Trata de encontrar un/a:

- ✓ autobús
- ✓ auto
- ✓ doctor
- ✓ bombero
- ✓ buzón postal
- ✓ periódico
- ✓ oficial de policía
- ✓ oficina de correos
- ✓ tienda
- ✓ maestro

Esta niña explora su localidad.

Glosario

ciudades: localidades grandes donde las personas viven y trabajan

comunidades: lugares donde grupos de personas viven y trabajan

comuniquen: den información a alguien sobre algo

herramientas: cosas que son usadas para hacer un trabajo

leyes: un conjunto de reglas hechas por un gobierno

pasado: un tiempo anterior

presente: el período de tiempo que es ahora

transporte: una forma de ir de un lugar a otro

Índice analítico

Anaheim, California, 11

banco, 10

ciudades, 4

correo normal, 17

Disneylandia, 11

oficina de correos, 10, 17, 20

tiendas, 10, 18, 20

transporte, 12

¡Tu turno!

Diversión y juegos

A los niños de esta foto de 1941 les gusta jugar juegos. Haz un dibujo o escribe una lista de juegos que te gusta jugar en tu localidad.